KB107909

신비의 이름

신비의 이름

발행일 2023년 12월 15일

지은이 원정섭
펴낸이 손형국
펴낸곳 (주)북랩
편집인 선일영 편집 김준균, 배진용, 김다빈, 김부경
디자인 이현수, 김민하, 임진형, 안유경, 한수희 제작 박기성, 구성우, 이창영, 배상진
마케팅 김회란, 박진관
출판등록 2004. 12. 1(제2012-000051호)
주소 서울특별시 금천구 가산디지털 1로 168, 우림라이온스밸리 B동 B113~114호, C동 B101호
홈페이지 www.book.co.kr
전화번호 (02)2026-5777 팩스 (02)3159-9637

ISBN 979-11-93499-94-8 03810 (종이책) 979-11-93499-95-5 05810 (전자책)

원정섭 시집

신비의 이름

원정섭 지음

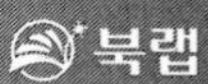

새삼스럽고 민망하다
그리고 감사하다
많은 날들을 허비하며 살았는데…
삶은 낭비되면서도 항상 나를 쫓고 있었다
삶을 낭비하며 삶에 쫓기며
삶과 조화를 이루지 못하고 어긋날 때
시는 나의 도피처, 나의 힘, 나의 위로였다
시 속에서 잠시 삶과 화해하고, 애틋해하고 사랑하였다
그러나 그런 만큼
가장 큰 열패감과 절망감을 안겨준 것도 바로 시.
이 땅에 별 볼 일이 없는 나는
그렇지만 그의 벗이다
그가 있었기에 나의 존재 이유가 비로소 설명되어진다
적어도 나에게는.
더 이상 사랑을, 삶의 이유를 찾지 말라
하늘엔 아름다운 우주가 있고 땅엔 벗이 있으니.

2023년 12월

원정섭

차례

고통 1

아가는 꽃을 발견할 수 있을까?
정원으로 나온 아가는 꽃을 찾아낼 수 있을까?
순수의 절정은 순수의 극치를 알아차릴 수 있을까?
보석들은 서로를 알아볼 수 있을까?
알아보고 경탄하고 경외할 수 있을까?
아름다움은 스스로를 이해할 수 있을까?
순간의 감지를 영혼에 새길 수 있을까?
영원으로 옮겨놓을 수 있을까?

고통 가득한 생의 정원에
꽃이 피고 아가들이 아장아장 걸어 나오네
신비는 저러한 것
고통이 순수와 함께 뛰노는 것
고통이 아름다움과 어울리고 있는 것
고통이 먼저
생을 알아보고 이해하고 받아들인 것
은은하게 곁에서
생을 사랑하고 있는 것

고통이 아예
생을 낳고 생을 키우네
모든 생명에 사랑에 아름다움에
고통이 원죄인 것

신비는 바로 저 고통인 것

고통 2

흘러가줘 江물인 듯
심장이나 뇌를
휩쓸고 지나가진 말아줘
신비 넘치는
익숙하게 낯선 이곳
행복이라 밀어붙이면 밀릴 것도 같은
풍성하게 나눠 받은 분배의 최고봉
애매한 불행의 모호한 아류들
조심해야 해 그들은 신의 편 (아니 그들이 아마도 신)
순종할까? (선택의 여지라도 있는 듯)
진리는 언제나 단순 무식하여
아주 영리하게 어리석은 나는 오해하고 또 오해했네
이 땅에 없는 것들까지. 미안해
있다고 믿었던 거
사랑, 평화, 기쁨…
이런 거

어딘가, 누구에겐가 있다고

있을 거라고 믿었던

고통이 아직 덜

숨이 덜 차서

고통 3

가치 없는 삶
쓸모없는 人生처럼 오전을 살고
좀 더 분발하여 오후엔
가치 있으려고
의미 있으려고
시간을 붙잡고 있네

여기, 나는
시간이 정지하는 곳

삶이 우물처럼 고여 있는 곳
어지러운 것들 소중한 것들 섞여
아무것도 빠져나오지 못하네
깊지도 못한 곳

아무 벽이든지 타고

나오렴

벽은 하늘을 오르는 사다리. 서서히

계단 부서지고 밧줄, 썩고 있으니

불어 터진 손가락 미끄러운 발톱을 세워

기어라도 오르렴, 개구리들

부끄럽고 부끄러운

옹졸하고 시끄러운 고통들

고통 4

— 비 온 뒤

조금 후 다시 내릴 비와
쉬고 있는 비
사이에서
어떤 목소리들 또렷이 새 나왔다
흐린 공기의 틈에서
어떤 발자욱들 또박또박 걸어 나왔다
슬픔의 행방조차 묘연해지는 안개 속
혼자 선명해진 고요
귀 갖다 대면
모든 소리들 들릴 것인가

배 가라앉는
섬들 지워지는
집 무너지는
아랑곳없이
나뭇잎 펴지는
비의 어깨 위에서
별들 눈 감는

네가 멀어지는
삶이 잠잠해지는
고통 좀 잠잠해지는

엄마 연작 1

엄마는 두리번거리네
혼곤한 꿈에서 깨어나
여기가 어딘가 두리번거리네
여전히 여기는 낯선 곳인가
여전히 이 生이 낯선 것인가
원하지 않던 어떤 生이 홀연 찾아와
잠 속으로 꿈속으로 떠밀어 갈 때
그 이방의 生에 등 떠밀려 자꾸 떠밀려 가면서
엄마는 두리번거리네
아직 명멸하는 생의 순간들에
한 점 한 점, 점을 찍으려는 듯이
生의 화룡점정을 찾아
그 눈빛 나를 자꾸 비껴가네

엄마, 어찌할 수 없는 이별이 이르기 전
제발 한 번만
제 눈을 바라봐 주어요
나를 향해 쪼그려 앉은
어느 젊은 날
품에도 가득했던 그 눈빛을
다시 기억해봐요 엄마

엄마 눈 속 그 화룡점정

엄마 연작 2

엄마는 여전히 생명으로 충일(充逸)하네
엄마를 안을 때 그것을 느낄 수 있네
안에 가득한 바다의 출렁임.
어떤 비밀한 生의 물결이
엄마를 여전히 출렁이게 하네
엄마, 오르세요 그 바다에
마음 놓고 힘 놓고 파도를 타세요
처음 당신을 길러낸 그 힘찬 물이에요
밟으세요, 기억을 다해
엄마를 안고 있는
꿈결 같은
꿈결 같은 生의 바다예요

엄마 연작 3

익는 中입니다.

무르익는 中입니다

모든 일들이 함께 익는 中입니다.

엄마 눈 속에서

사건들이

모든 내막들이

순하게 익어가는 中입니다,

사라진 나의 안에서야

삶은 이렇게 익는 건가 봅니다.

엄마 연작 4

— 불효 일기 1

나는 누워 뒹구는 채로
물 마시우네
이쪽저쪽으로 돌려 눕히네
神에게 의지한 채
全的으로 神에게 의지한 채
마음으로 마음으로만
몸이 말을 안 들으니
전적으로 누워 마음으로만

엄마 연작 5

— 불효 일기 2

나는 엄마로부터 급히 도망쳐 나온다.
사랑하고, 또 사랑하지만
오래된 生命이 지닌 그 여전한 힘에게서

엄마 연작 6

쫓기고 있다

엄마에게

잠자는
엄마의 삶에

엄마 연작 7

— 고통

나의 고통은 내가 참아낸다, 당연히.

참아낼 수 있는데

엄마의 고통은

참을 수가 없다

엄마의 자리에 만약 그대—他人을 대표하는

그 누가 온다 해도

과연 그럴까?

엄마와 타인의 차이

차라리 내가 아프고 말겠다는

고통의 차이

엄마 연작 8

7년 반을 누워만 계시는
엄마를 돌보는 나는 자타 공인
孝女가 되었다
불효의 시대가
나더러 효녀라고 한다
나는 엄마가 좋다
엄마가 좋아 엄마 옆에 있을 뿐
기침하는 엄마를 야단치며
왜 기침을 하느냐 생 야단을 치며
엄마 곁에, 곁에 있을 뿐

엄마 연작 9

엄마는 신의 선물
신의 축복
신의 자비

모든 생명들에 일일이 안겨준
신의 꽃다발

백발 사이에 깃든
천상의 향기를 맡는 자만이

시들지 않는
꽃의 자비에 안기리

엄마 연작 10

엄마 옆에 눕자
하루 종일 잠만 자는 숲속의 공주
자다가 아기가 된 숲속의 공주
그 곁에 엄마 되어 눕자

엄마 안에 함께 누운
한 백년의 시간

깊은 바다로 가고 있는
한 백년의 시간

일렁이지 않네
백년의 물결

바람도 불지 않는 고요의 숲
백년의 고독

엄마 연작 11

엄마, 엄마, 엄마
아이가 자꾸 엄마를 부르네, 찾네
엄마
엄마
엄마

초롱한 아이가
초롱초롱 부르는데
마음이 아파오는 소리

곁에 아빠가 있는데

엄마 연작 12

— 가슴에 귀 대다

팔은, 손은
안는 일을 잊었다
발도 더 이상 걸음을 잊었는데
엄마는 먼 데를 가고 있다
걸음을 놓아버린 발
사랑을 놓아버린 팔
눈맞춤을 놓아버린 감은 눈으로
엄마는 알지 못하는 어떤 길을 찾아, 찾아가고 있다
가끔씩 나를 불러 세우는 억센 기침
그 기침은 삶을 향해 되돌아 외치는 여전한 生命의 소리
솟구치는 생에의 열의로 얼굴이 물든다
엄마는 잘못 삼킨 생을 토해내고 있는 것이다
사레 걸린 수많은 날들을 토해내려는 것.

그런데, 그 날들은 다 어디로 갔을까
아침에 일어나면 사라져가는
잠 속의 일들로 가라앉아 있는가?
아득하고 어둑한 그 잠 걷히면
우르르 우르르 내게로 쏟아지려는가?
입 속의 강물은 바다에 닿았을까?
바다의 말을 들려주어요
깊은 바다 이야기를 들려주어요
내 귀는 소라 껍데기
엄마 품에 귀 대고 엄마 목소리 그리워하네

엄마 연작 13

엄마
삶이 서운해 하지 않도록
우리 詩를 내어요
엄마의 삶과
나의 삶이
우리를 서운해 하지 않도록
우리 詩를 내어요
엄마는 잔잔한 파도처럼 제게 와주었어요
그 물결에 안겨
나의 生은 평생의 따뜻함을 지니게 되었어요
이제 엄마는 오래된 방 한 켠 부동의 자리 위에
처음을 향해 누워만 있네요
땅에서의 할 일을 다하고
아득한 어떤 곳으로 가려고 하네요
나는 여전히 엄마 곁에 있어요
저도 잠시 후면 그 길을 가겠지요

그러니 엄마

우리 詩를 내어요

함께는 갈 수 없는 그 다른 삶에게로

혼자서 천천히 가면서 가면서

심심하지 않게 외롭지 않게

귓가에 흐르는 정든 노래와도 같은

시를 내어요 가슴 속에 든

슬픈 詩를 내어요 우리.

엄마 연작 14

엄마 얼굴에 입 맞추면
이마에서 엄마 냄새가 난다.
엄마 삶의 냄새
주름살 속으로 돌아온
아득한 길들의 냄새

엄마가 걸었던 멀고 험한 길들이
흩어진 자식들처럼 집을 떠난 길들이
조금씩 어긋나 헤어졌던 길들이
이제 모두 돌아와 엄마 품에 안겼네

돌아와 곁에 누운 엄마의 길들은
이제 더는 나아가지 않네

온몸으로 엄마를 안으면
내 온 마음으로 엄마를 안으면
엄마에게서는 돌아온 길들의 냄새가 난다
내게론 오지 않는 엄마의 길

그 길들은 이제 내 곁에 잠시 머물다
이내 나를 남기고 모여서 가리라
조용히 조용히 엄마 품에 모여
가만히 가만히 길 하나로 모여

엄마 연작 15

엄마를 잃었네
어쩌다, 어쩌다
엄마를 잃었네
그러나 그건
예정됐던 일
잃기로 이미 예정했던 일
남몰래 은근히
궁금도 했던 일

(이제 어떤 바람 이루어지고 철없는 궁금증 풀렸네)

그러니, 말게나
그러지 말게나

잃어버린 것은 꿈으로도 결코 오지 않으니

가슴 터지는 어리석은 시간을

기다리지 말게나
남몰래 기다리지 말게나

엄마 연작 16

— 우리 집

우리 집에서
엄마와 나는 살았다
하루 종일
엄마는 누워
누워 잠만 그리 주무셨지만
나와 엄마는 살았다.
나는 종종거리며
엄마 주위를 빙빙 맴돌며
헬리콥터, 껌딱지처럼 붙어 살았다

지금은
침대가 누워 있다
나는 여전히
그 침대에 기대 TV를 보고 책을 읽고 밥을 먹는다
나보다 마음이 가난했던 침대
오래오래 엄마를 안고 살았다

이제는 엄마처럼 늙어버린 침대

우리 집에서는 여전히
내가 살고
허전하게
허전하게 침대가 산다

다시 詩

시와 오랫동안 손 떼고도 잘 살았는데
이분이
검은 조폭 무리를 거느린 분도 아닌 분이
갑자기 느닷없이 옛정을 생각했는지 찾아오셔서
나랑 다시 한번 같이 지내보지 않겠느냐고
그림자를 드리우니
원래 유혹에 자알 넘어가는 그 인생은
또 벌써 기울기가 넘어가기 좋은 언덕만큼 기울어
그래, 이제 살 만큼 살았으니 기-냥
몸 밖으로 나오는 것이 다 시 아니겠어? 하면서
늙어서도 여전히 정신을 못 차리고

詩 연작 1

ㅡ 나의 詩는 어찌 되었을까

쓰레기통에 처박혔을까
돌아오다 넘어졌을까
부끄러워 쓰러졌을까
일어나 그만
江으로 갔을까

서러운 詩
체면이
구겨진 詩
서로 잘못 만난 詩

바람맞은 시는 울며
허공으로 갔네 가면서

길이 된 詩
나를 돌아보는 詩

詩 연작 2

ㅡ 詩는

어디서 새 나오는 걸까
어느 바위틈에서 솟구치는 걸까
하늘 어느 새암에서 겁 없이 새어 나와
바람을 타고 번개를 타고 내려오는 걸까
어느 神의 가슴에서 뜨겁게 빠져나오는 걸까

詩는
어느 光年, 건너 빛의 바다에서
홀연 내 눈 속으로 떨어지는 걸까
눈동자처럼
내 눈동자처럼
마치 나의 눈동자인 것처럼

詩 연작 3

물먹은 스펀지 물 새 나오듯
스멀스멀 뚝뚝 詩 새 나오다

구멍에서 뚝뚝 물 떨어지듯
눈물 머금은 人生 깊은 계곡에서
詩 나오라지 詩는 나오라지

삶은 물 먹는 하마
괜찮아, 하냥 詩만 새 나오라지

詩 연작 4

— 詩

날들이 가고 있네
내게로 온 날들이 그냥 가고 있네
날들은 내게로 와서
밑 빠진 독에 물처럼
그냥 가고 있네
밑도 없이 끝도 없이
장독대에 물끄러미 앉아 있는 나의 生은
정수리에서부터 오는 물의 은총을
물처럼 흘러오는 神의 은총을
오는구나 오는구나 또 오는구나
가는구나 가는구나 그냥 가는구나…

내가 온 마음으로 시간을 통과하고
오는 모든 시간들이 내 몸을 통과할 때
우리 그렇게 서로를 통과하여 갈 때
그대는 내 안에 물길 하나 만들며 가라
밑 빠진 독 나의 생애에
우주의 물길 하나 만들며 가라
우주의 숨길 하나 만들며 가라

詩 연작 5
─ 詩

詩는 솟구치는 건가요
불꽃처럼 화염처럼 솟구치는 건가요
어디에서 시는 화안히 솟구치는 걸까요
눈물은
몸의 억압을 견디지 못해 몸을 솟구치고
시는 나의 무엇을 견디지 못해 솟구치는 걸까요

시는
어느 허허로운 神들의 들판에서 즐거이 노닐다
불현듯 생각하고 뛰어 들어오나요
마치 나의 아이처럼 달려 들어오나요

시는
번개 치는 혹
그 순간인가요
한꺼번에 살다 가는 빛의 삶과 죽음

혹 사랑일까요
어쩔 수 없는 門밖의 사랑일까요
멀리 머얼리 집 밖을 떠도는
바람 즐거운 나의 사랑일까요

시간 연작 1

— 시간 이야기

시간은 언제나 은근슬쩍
은근슬쩍 소리 없이 지나가는 바람에
스쳐 가는 바람에도 스쳐 가는 바람에
그에 닿은 내 사랑도
스쳐 가는 바람에
잠결엔 듯 꿈결엔 듯
자꾸자꾸 왔다가 자꾸 자꾸만 가도
그 모습은 언제나 뒷모습인 바람에
그 모습이 언제나 그 모습인 바람에
바람같이 끝내 얼굴도 모른 채
모든 삶의 이야기는 슬픔으로 끝이 나네
너도나도 슬픈 시간 이야기
너무나도 슬픈 바람의 이야기

시간 연작 2

— 불꽃놀이

神의 시간은 햇살에 빛나는 물비늘처럼
온 江물에 가득하고
우리의 시간은 하릴없이 온 허공에 가득하네
지금 부는, 거리에 휩싸인 바람
바람은 불면서도 거리에서 길을 잃고
가면서도 길을 잃네
기실, 움직이는 것들은 모두
길을 모르네, 잃네
이미 있어온 길 위에 태어났을 뿐
존재는 볼품없이 이렇게 있어왔으니
우리 소멸의 불꽃이 터질
아무 경계 없는 이 경계의 문 앞에서
우린 그저 그 매트릭스의 사내들처럼 쓰-윽
벽 속으로 들어가면 될 터인데

시간 연작 3

시간 속은 참 고요하다
해가 서쪽으로 기울어 갈 무렵
타오르는 빛 속에 홀연 고요해지는 시간의 심지
그곳 시간의 내부는 물론 텅 비어 있고
화안히 빛나는 고요가 타오르고 있는 것이다. 문득
나는 나가지 못한다
팔과 다리가 없는 자처럼.
그의 곁에 머문다 친구처럼.
잠시 동안이지만
그를 배신하지 않는다

그런데
그곳에선 마음이 터질 것 같아
너무도 아득하고 너무도 막막하여
유성처럼 쓸데없이 내달리거나
허공처럼 부풀어 먼지가 되거나

그러나 막상 그곳을 나오면
시간의 내부는 이내 닫혀버리고
나는 다시 이 고요의 門밖에서
시끄러운 세상을 헤매이게 될 것이다.

아직 내가 감당하지 못하는
시간의 내부, 허의 심지, 그의 고요

돌아가지 않으려는
들어가지 않으려는
이 시간의 외부에서
서쪽으로 달리는 차창이 붉다

시간 연작 4

— 봄날

별이 잘 든 시간 속에 들앉아 있으면
4월의 어설픈 추위가 따뜻이 녹는다
여기저기서 나는 소음들도 땅 위에 사뿐히 내려앉아
추운 허공을 떠돌지 않는다.
잔잔한 물속 같은, 햇빛 드는 시간 속을
잠시 서성거려보라
순하게 어깨를 넘어가는 바람
낮에 나온 별인 듯 모래알인 듯 반짝거리는 잔 생명들
生의 해안에 철썩이는 작은 물결들

그런데 저기 금장신구 목도리를 하고 언덕을 올라오는
할머니는 흡사 여신과도 같네
생에 뭔가 귀중한 것 다 내어주고
돛대처럼 올라오는 더딘 발걸음
신을 벗한 바다처럼 서서히 뭍을 채우네

늙으신 神의

오래된 빛과 시간이

여기 따뜻한 봄날이라 여겨지는

시간 속

시간 연작 5

시간은 홀로 가는 것이 아니었다
이제야 내가 그와 함께 가는 것임을 알았다.
시간은 나를 품고 그의 길을 가는 中이다
어디에도 없고 어디에나 있는
사방이 그의 길인 시간의 품속
나도 그냥 가는 것이 아니었다
시간 속에
먼지인 양 꽃가루인 양 섞여
허공에 번지고 있는 중이었다.
시간은 江물처럼 흐른다더니
강물처럼 나도 흐르는 中이었다.

맨살 맨몸으로

나를 떠안고 가는 물의 시간

어쨌거나 우린 섞인다.

내가 살든 시간이 살든 이미 우린 섞였다.

몸 곳곳이 그의 흔적이다.

그는 바람처럼 가볍고

나는 홀씨처럼 날린다

시간 연작 6

낡은 시간 늙은 시간 늙고 오래된 시간
늙어도 청춘 같은 시간
청춘처럼 팔팔한 시간
펄펄 펄떡펄떡
살아 숨 쉬는 시간 항상
물오르는 시간

그러게, 그 앞엔 천하장사가 없다지
모든 대적들 무너뜨리고 모든 장수들 쓰러뜨리고
江물에 유유히 몸도 던져보는 시간
강물이랑 같이 가버리는 시간

그러나 한편

세상 어떤 벽들 어떤 틈 속에도

민들레같이

민들레랑 같이

깃드는

시간

시간 연작 7

아무것도 없는 듯한 시간의 안에
그가 지닌 너른 허의 대지에서
무엇인가 풀려나오고 무언가는 빠져나오고
또 뭔가는 깊이 스며드는
마치 神들의 장난처럼
마음속을 드나드는 투명한 우주의 방랑자들
육체를 통과해 다니는 신의 묵객들
이 없는 듯한 시간은
그래서 신의 것들로 가득 차 있다
먼 데서부터 걸어온 생명, 소멸하는 바람과 별빛,
씨앗들…

없는 것 없이 그 가득 비어 있는 곳에서
한없이 풀려나오는 것들
조금 있으면 영하 18℃의 아침도 풀려나오리
그 아침 바람으로 머리를 감고
생각보다는 훈훈할
있고도 없는 그 속으로
깊숙이 나도 스며들 것이다.

하루 1

시간 되면 잠이 오지
구푸렸던 몸이
쭈-욱 몸을 펴고 싶어 하지
잠도 꿈속에서 몸을 펴고 싶어 하지
그러게 몸은 잠 속에서 과연 몸을 펼 수 있을까
꿈꾸고 다니느라 몸을 펼 수 있을까

삶 뒤엔 죽음이 있다지
삶 다음엔 죽음이 있어서
삶 끝엔 죽음이 있어서
(삶엔 보루가 있어서)
삶은 안심을 하지 오히려

시간에는 잠이라는 별도 공간이 있어서
하루 끝엔 잠이라는 긴 복도가 있어서
그 뒤에선 꼭 닮은 아이들이 자꾸자꾸 나와서

하루는 안심을 하지, 안심을

하루는 어디에서 자꾸만 오는 걸까
누구의 등 뒤에서, 누구의 손끝에서
어느 門밖 어느 시간의 밖에서.

하루의 무한 종족 보존

하루 2

그날이 그날인
어제와 같은 오늘이
가지런히 나란히
나란히 나란히
별일 없이 별 탈 없이
별 말도 없이

…
…

내 生에 이토록
아무 일이 없어도 되는 건가요?
아무 일이 없으면
좋은 건가요?

이토록 無事에 절여져 가는 것이
…

하루 3

저 밝은 달은
밤늦도록
혼자 하늘을 구르며 놀라 하고
놀게 하고

이 왱왱거리는 파리는
파리는 왱왱거리며 나의 머리맡에서 놀라 하고
놀게 하고

시간은
가라고 그냥 가라고
햇빛에게 바람에게 어둠에게도
들르지 말고 보이지 말고
山 너머 저 달 너머 가라고 가라고만 하고

나는 근데 여기서 뭐하고 있나
마음 하나 제대로 벼리고 있나
마음 하나 제대로 버리고 있나

하루 4

오늘이 또 왔다
어제가 가고
'오늘'이라는 수만 번째 일란성 쌍둥이가
또 내 앞에 나타났다
다짜고짜
아니 슬며시, 날마다 다시 살러 오는
시간의 기적
어제는 죽고
오늘이 태어났다
오늘은 오늘 밤에 죽었다가
내일이 되면 또다시 눈을 비비며 살러 올 것이다
날마다 가고
날마다 다시 오는
삶과 죽음의 숨 가쁜 이어달리기

그러나 그 사이에서
나는 틈틈이 살고 틈틈이 죽는다.
간간이 살고 간간이 죽는다.
삶과 죽음이 부지런히 오가는 이 시간의 틈새에서
삶의 주인이 부지런히 바뀌는 이 틈새시장에서
나는 스을쩍 장을 펼치고 앉아
슬쩍슬쩍 살고 슬쩍슬쩍 죽는다
시간의 눈치를 보면서
도대체 뭐에 쓰일는지 모를
지폐, 같은 것을 가만히 챙겨서
밑 빠진 독에 부어 넣으며

잘못 산 生에 대해

나의 시간으로 나의 하루로 나의 生으로
흐르는 江으로 낸 징검돌 하나, 둘, 셋, 넷…
…

어리석었던 어리석었던 수없이 어리석었던
젊은 오후의 시간들
그 시간들 비추던 그때 오후의 햇빛들을
지우고 싶어 거둬들이고 싶어

구름 뒤에 숨어 구름 뒤에라도…

다 지나갔지만
生이 몇십 년 통째로 지나간 것 같지만
하지만 이제라도 숨는 건 그건

사라진 그들이 어딘가에서 깊이깊이 살고 있기 때문

그러나 가장 어두운 것은 끝내 내 안에 남아

태양을 피해 다니네 검은 그림자들

내려주세요 여름에서 겨울
햇빛 거두는 비와 햇빛 덮어주는 눈
철 지난 시간도 거두어 가두어주세요
아니, 그냥, 그냥 내려주세요
날마다 벌
날마다 삶
생에는 생으로

좋은 생각

가만히 움직이는 밤의
이슥한 품속으로
오붓이 익어가는
고요의 품속으로
딸린 것들 없이 오롯이 스며들어 보는 것
언제, 어디서나
딸린 것들 없이 가벼운 목숨으로
스며들어 가는 것
허전하게 가는 것
마음은 움직일 때마다
가득히 출렁이지
그것은 바다이면서 깃발이면서
또 풍랑이므로.
그 출렁이는 마음이면 충분해
흔들리며 가려고 하는 것.

가만히 움직이는 것들의
그 끝을 보기 위해 끝에 가 닿기 위해
끝까지 가려고 하는 것
그러다 돌아서면
스며들고 있는 것
그것이 이 밤이고
지금이고
소멸하는 영원이 되는 것

끓고 있다

하여간 갔다
어딘지 알 것도 같은 길을 찾으러.

익숙한 길을
익숙한 노래를 들으며
되돌아오곤 했다
흔들리지 않는다.
(아니 익숙하게 오늘도 흔들린다)
오가는 길에선
해도 그만 안 해도 그만인
그렇고 그런 생각들.
떠다니는 그런 생각들
같은 수많은 그, 그녀, 나를
지나친다

물이 끓고 있다

길이 조급해진다

익숙한 것 큰 것 하나를 던지고

어서 그 알 듯한 길을 찾아 나서는 것이다.

줄줄이 따라 올라올

시간의 공허를 캐보고

그 공허의 하늘을 들여다보고

그들의 없는 마음이 되어보는 것이다

어깨 위에 부유하는 숨은 길 위에

어서, 들끓어 서보는 것이다

비 내리는 잠

버려야 올 것이 오겠지
이제 돌이켜야 다른 길 하나가 올라오겠지
한 손 가득 쥐고 있는
허기진 두려움의 주먹을 펴야
'삶'이라는 호리병 속을 빠져나올 수 있겠지.
삶은 호리병 속 세상
그 속에서 거인이 빠져나오기도
하인이 되어 도로 들어가기도

머리맡에 와 있는 神의 꽃다발
방 안에 살얼음 꽃이 피네

비는 소리의 燈을 켜며
잠 속을 화안히 찾아 들어오네

그가 끄는 수레를 타고
삶을 빠져나온다

아…
아늑한 피안의 숲길

영롱한 인생

화를 내고 돌아서려는 마음 끝에
툭 와 걸리는 詩

눈 뜬 모든 순간순간이
부릅뜬 시로 다시 돌아보는

영롱한 인생
사과는 눈동자인 양 눈 속으로 들고

나무엔 가을이 들었네
나무에
숨은 들 숨은 물 숨은 불

눈 속 사과를 익히는
숨지도 못하고
저녁놀

여행일지 1

다른 행성엘 잠시 다녀왔네
꿈도 먼지도 없는 곳
말도 없어 서로 눈짓만 주고받았네
생각 없이, 얼굴이 없는가 하는 사이
마음도 어디론가 사라져버렸네
그래도 바람은 불어왔다 가더군
(그대도 바람처럼 불어왔다 가더군)
모든 것이
있는 듯 없는 곳
있었던 듯 사라져 가는
아주 이곳과 꼭 닮은 그 없는 곳에
있다 사라져 왔네

불꽃같이
허와 무를 태우네
여기 남아 채우네

물 안 내린 변기

오동그란 통 속에서
오줌이 웃고 있네
씨익 웃고 있네
한 세상, 한 우주를 돌아다니다
촉촉한 색기로 한 生을 물들이다가
색이 다하자
주인이 그만 그를 내몬 것이다.
내쫓긴 그의 신세는 주인의 몸 밖에서
뽀글뽀글 웃고 있네
계면쩍어

또 다른 우주로 들어갈 준비!

한 번만 내린 변기

저

한 번에 못 빠져나간

똥들이

미안해서

동동동

웃고 떠드는 모습

똥

갖가지 모습으로 단장하고 문을 들어서지만
나갈 때는 한 가지 모습으로 쓰윽 나가지요

그윽하고 탐스런 향기로 門을 들어서지만
갈 때는 지독히도 설운 내음 번지며 가죠

좁은 길 지나온 고통의 여정
生의 모든 진액은 길에 주고 길에 묻고

상한 몸 상한 정신으로 밀려 나오는 거죠
쫓겨나는 그 마음의 내음인 거죠

몸의 토사구팽

생각하는 사람

이

비스듬히 하던

생각을 멈추고

쭈-욱 몸을 편다

엉거주춤 일어선다

앞으로 다시 조금 수그리고

몸을 흔든다

어색한 저자세

짧게, 몸부림을 친다

똥이 내려갈 길을 트고 있는

실천하는 사람

Boiler

켜면, 잠시 몸 가다듬고
부리나케 불붙는 보일러

기다리고 기다렸다는 듯이
타오르는 보일러

그 타오름으로
차가운 우주의 바닥을 데우는 보일러

고독한 정면의 자세

흐트러짐 없이

외진 데

구석진 독방에서

자기의 때를

기다린 보일러

어떤 아침

어쩐지
그날 아침 내게 찾아온 그 하루는
참으로 짠하였다.
애절하고 간절하였다고 해야 하나
좋은 것, 맛난 것으로 먹여주지 못하는 내게
아무 말 못 하고 그저 다시 찾아올 수밖에 없는
그 허기진 눈빛.
나의 가진 것은 그 눈빛에 너무도 턱없이 모자라
나는 아침부터 외로웠다

마음속엔 생각을 달리하는 길들이 있다
아주 오래된 길 하나는 이쯤에서 그만 헤어지자 하고
나는, 그러면 또 어떤 고독이 나의 새날이 되려 하나…
망설인다

여기서부터가 실은 오늘인가?
아직 살아 있는 것들은 모두 오늘의 길
생이여, 어찌어찌하다 여기 와 있는 오래된 오늘이여
그러나 여전히 두렵고 떨리는 그대
그대는 어느 길의 끝에서 내게 온 것인가
어느 길의 처음을 들고 와 같이 가자, 가자 하는가

가지 못한 그날 아침

우리의 유전

그늘에 앉아 돌 위에 앉아
깨진 열매 보며 나뭇잎 바라보며
바람 부는 사이 나뭇잎 사이
잠시 난 시간의 틈 사이로

해보는 돈 계산
해 아래 햇살 사이 틈틈이 나는 틈 사이로

또 해보는 돈 계산
그는 햇빛처럼 모든 틈 사이를 파고든다
파고들어 나뭇잎과 공존하고 바람과 공존하고
깨진 열매와 그늘과 돌과도 공존한다

그는 이미 나를 파고들었다.

파고들어 핏속을 파고들어 나의 뇌를 돌아다닌다.
견고한 믿음 확고한 사상으로.

이제 마악 뿜어져 나오는 이 짙은 아카시아 향기는
그의 집요를 견딜 수 있을까?

그는 이미 시간 속까지 파고들어
代代로 흘러갈 준비가 되었다

우리의 유전이 되어버렸다

천국의 정원

가고야 마는 것을 기다림
기어이 가고야 마는 것들
설날, 설렘, 사랑…
끝내는 오고야 말 것들을 기다림
서서히 오고 있는 것들을.
쓸쓸하게 아무렇지 않게
손님같이 친구같이 오고 있는
그 품에 깃든
봄, 여름, 가을, 같은.

신께서 이끄신 여기
겨울 정원으로

이 인생은 나의 것

어느 부족함 가득한 人生
언제나 부족함으로 가득 차 있네
어느 홀로 가득한 人生
언제나 혼자 가득 차 있네
어이가 없네
인생이 어이가 없네
이 인적 없는 인생을 위해
신이 준비한 선물
生이 마련한 선물
—노여워하지 않는 걸음

그 걸음 걸어 산 넘고 물 건너

꽃 지나고
향기 지나고
길 아닌 곳
길도 없는 마음들 지나고

비 오는 날

잠자는 엄마는
잠자기 좋은 날

망개떡 장수는
떡 팔기 좋은 날

어디든 들어앉아
오래전 우리는
술 마시기 좋은 날

늙어가는 자들은
시 쓰기 좋은 날

이런 삶들 가려주는
머리 위 지붕들

지붕 없이 지내는
문밖의 스승들

그대로 그대로
비 맞기 좋은 날

라일락

라일락 꽃그늘 아래
生 무너질 뻔.
그토록 생생히 피어오른 연보라 꽃 무더기
바람에 춤추고 춤추고 춤출 때
번지는
보라 향기 향기 향기…
걸어온 모든 길 중 하나라도
저 한 그루 나무에게로 들어가
꽃 이파리 하나인들 피워냈을까
향기의 길 하나 돼주었을까

강철 슬픔

그 속에는
눌린 슬픔이 있는 거 같아
이미 엎질러졌는데
엎질러져
손끝 발끝으로 다 스며들었는데
꾹꾹 눌러
납작하게 짜부라진
거대한 삶의 기계에 착실히 눌려
착하게 엎드러진
바싹 말라버린
그래, 이제 더 이상은 슬퍼할 것 없기로
담대히 마음먹기도 하는

마른 몸속에 납작 엎드려
그런 허튼 결심을 하고 있는 거 같은
슬라이스트 강철 슬픔이

눈

門밖에서 열심히 비질하는 소리
부지런한 주인에게 쓸리는 소리

이 밤중에 눈은
쓸리는 소리로 내려오누나

가로등불 아래
이토록 아름다운 그대들의 춤

여기 만 리 하늘이 끝나는 곳에서
눈부시게 부서지는 그대들의 꿈

잠시 이렇게
하늘에서 내려오기로 한 그대들의 눈부신 결정

그러나 저 먼 곳 히말라야에서
눈은 영원하리

눈의 히말라야
눈과 히말라야
가슴 먹먹한 그 큰 우주들이 만나면

건너가기 or 건네기

날은 날에게 말하고
밤은 밤에게 말하며

날은 날에게 전하고
밤은 밤에게 전한다

그렇게 어제의 내가
오늘의 나에게 전해지고
오늘의 나는 내일의 나에게 전해지리

나는 나에게 무엇을 전해줄 것인가
내가 나에게 전하는
가장 기특하고 귀한 것

어제의 목숨 남겨 고스란히
물병처럼 건네줄 것인가

오늘은 내일에게
무엇을 건네줄 것인가

오늘은 무엇으로
내일로 건너갈 것인가

화분 내놓으며

비 좀 맞거라
올가을 마지막 비 좀 맞거라
겨울이 닿기 전
온몸에 반짝이는 살얼음꽃을 내거라
뼛속으로 뼛속으로
푸른 이파리 피워낼 뼛속으로
저 싱싱한 밤의 빗소리를 들이거라
이날이 저 날로 바뀌는
신비한 인간 세계의 시간 밖으로 나가
처음도 없고 시작도 없고 끝도 없고 마지막도 없는
시간의 소리를 듣거라
시간이 비처럼 내리고
비처럼 쏟아지는
아름다운 시간의 홍수를 맞이해보거라
가로등불 아래
지나간 애인의 품속 같은
고적하고 세찬 이 밤에 안기라

네 기도의 나라는 어찌 되었느냐

등불은 순식간에 꺼지고
시간은 어둠의 이불을 펼쳐 들었네
착하고 부지런한 종들은 물론
피곤하고 게으른 종들에게도
神은 늙어 자비를 베푸시네

어둠 속에 누워
날개를 다는 중이신가?
어디를 공사 중이신가?

모든 야곱들이
어둠을 흙 삼아 살고 있는
이 흑의 나라 두텁고 무거운 黑의 나라

슬피 울며 이를 갈고 또 갈고…

비 오는 거리의 청소부

고개 숙이고 싶어요 당신께
엎드리고 싶어요 당신 발 앞에
입 맞추고 싶어요 당신 발에
그 노란 장화 노란 우비
비 오는 날의 일이니 화안히 차려입고
거리의 쓰레기 주워 담고 있네요
버려진 웃음 버려진 눈물 버려진 눈빛
멈춰버린 슬픔 말라버린 눈물 껍질
허다한 삶의 너울들을
서두르지 않고 피하지 않고 고이 쓸어 담고 있네요
성자다워요 성자다워요
작은 수레엔 성자의 표식 —초록 빗자루— 깃발처럼 꽂고
표표히 이 세상 코너를 돌아가고 있네요

옷

오래된 옷

낡은 옷

나를 감싸주던

따뜻했던 옷

한때

날개가 되어준 옷

이제 날아갈 것 모두 날아가고

옷 속에 남은

방

거기, 드러내지 못했던

사랑, 상처 입은 사랑

같은 것들을

입어버린 옷

나를

입고 있는 옷

생은 터무니가 없다

흔들리는 나무
일제히 일렁이는 잎들
神의 언어로
바람이 답하는 걸까?

내 안엔 아무것 없다. 정말이지.
후- 불면 날아갈
약간의 생각
정처 없는 마음
정체 모를 영혼.

이 껍질 벗겨지면
무엇이 남을까
양파 속엔 끝없는 양파
보이지 않는
生의 비밀 神의 기밀.
그냥 비임

生에는 터무니가 없지

낮은 곳으로
총명히도 흘러가는
저 터무니없이 맑은 물소리

부재, 쏟아지다

그런 적 없지만
기쁨 속에 있는 나
흔들리고
그럴 리 없지만
행복에 겨운 너
더욱 흔들린다.
외로워하거나 서러워하지 않는
이 시간의 몸속에서
우린 어딘가로 족히 스며들지 못하고
떠다닌다 떠다니며

하늘로도 땅으로도
온전히 스미지 못하는
우리 정체는 무엇일까
이 삶의 정체는.
이도, 저도 아닌
그냥 목숨일까
존재는
얼만큼의 부재를 안에 숨기고 있는 걸까

흔들릴 때마다
여차하면 넘치거나
여차하면 쏟아지는
이 불안불안한 바다 한 그릇들

하와이

"니가 가라 하와이…."
잘생긴 장동건의 어울릴 듯 말 듯한 경상도 사투리
위협과 회유에 굴하지 않고
삐딱하게, 폼 나게 뻗대다 칼을 맞아들인

그런데 후에 그는 그곳에 가보았을까?

(나는 죽으면 하늘이나 바닷속을 훨훨 날아다닐 수 있을 것만 꼭 같아)

커피 마시기

커피를 약처럼 마시는 자여
커피를 무슨 한약인 듯 마시는 자여
福 있을지어다
쓴 잔을 들이키는 자여
가슴엔
맑은 물 고일지어다
어둡고 캄캄한 불 들이켰으니
몸은 샘처럼 화안해질지어다
어두운 향기 깊이깊이 몸속을 돌아
머리맡 그늘을 드리울지어다
그윽한 그늘로 드리울지어다

천둥

하늘에서 누가 저렇게 소리를 지르지?

누가 저렇게 하늘을 때려 부수지?

힘차게 세차게 구르고 달려

천하무적

生과 死의

동시 폭발

잠

어떤 날의 주특기는 자는 것
자고 나면 오늘 같은 내일이 반드시
확실히 기필코 저절로
오리라 굳세게 의심치 않고
대책 없이
시간에 눕는 것
시간에 들어 어딘가로 가는 것
生의 어떤 그늘 속보다
편하다 편하다 의심 없이 한 점 의혹 없이
맨발 맨손 맨몸의 믿음으로
시간에 드는 것

가장 믿음직한 죽음에

잠의 나라

자면서 일어났던 일은
모두 꿈에 묻고 아침마다
꿈에서도 아무 일 없었던 듯
잠에서 나온다
신기한 일이지? 허탈한 일인가? 아니
허무, 맹랑한 일이지
밤마다 다른 곳을 뛰어다니니다
아침이면 기억도 없이 이곳으로 돌아와 있는 것

그새 잠은 빙산처럼 깊은 바다로 들어가 버렸고
떠오르지 않는 기억들만 고기떼처럼
물속을 헤엄쳐 다닌다
나는 아련하여 참 아련하여
절벽에 핀 꽃에겐 양 안간힘을 써보지만
잡힐 듯 잡힐 듯 그들은 건너오지 않는다

그 江, 그 물
어느 경계에 막힌 세계일까
어느 흐르지 않는 시간에 갇혀
이곳으로 오지 못하는
삶인가 추억인가 어여쁜 죽음인가

돌아온 나의 문밖에서 여전히 넘실거리는
잠의 나라

허무를 말해보다

허무는 갔는가
허무는 갔다가
다시 오는가
허무는 올 때는
일곱 개의 허무를
데리고 오는가

허무를 붙잡는다
허무를 꼬옥
껴안는다 온 힘으로 허무를
쓰다듬는다

허무에 깃든 엄마
엄마에 깃든 허무
옛적부터 엄마를 길러온
서로서로 길러내고
서로서로 자라난

허무는 엄마와 한 몸인 양
손 꼭 잡고 있다 눈 꼭 감고 있다

나도 잡는다
그 손
두 손 가득
일곱 개의 허무

이 일을 어쩐다?

삶은 울타리가 참 허전하여
허전하고 허술하여
그 안에 있는 나는
어쩐다?

삶에 들어 있는 동안
이 허술한 감옥에 머무는 동안
그런데 순식간에 무엇이 지나가는 동안
휘-익 하고 그것이 사라지는 동안
나는 어쩐다?

즐거운 생의 빈 들이여
눈부셔라 모래알 같은 날들이여
휑앵 하고 허전한
이 저녁 운동장에

노을이 남아 혼자 떠들고 있네
한낮의 아이들처럼 빛의 알갱이들처럼
혼자서도 떠드는 저녁의 은총

모래 알갱이들 속에
떠들썩한 이 神의 은총을
나는 어쩐다?

삶의 모래밭으로
푹푹 발 빠지며 오는
반짝이며 반짝이며 오는
별 그림자를
나는 또 어쩐다?

삶에 관한 중간보고서

— 삶은 춘향이로소이다

저는 제게로 와준 이 生을 나무라지 않습니다
나무라다니오 원 천만의…
삶은, 하나님이 제게 가장 맞는 것으로 고르고 골라
가득 담아주신 보물 항아리입니다 물 항아리인가요.
그 안을 가만 들여다보노라면
우리의 것이 아닌
나무 그늘 같은 깊은 시간 속 같은
神의 기쁨이 차오릅니다.
삶은, 제가 뒤늦게 발견한 비밀의 문입니다 그 문 뒤엔
없는 게 없습니다 없는 것 없이
세상이 통째로 들어가 있지만
조금 후엔 이상하게 모든 것이 善(선)으로 변해 있는
물의 포도주입니다
삶은 빛이 있는 동안엔 숨어 있다가
어둠 내려오면 비로소 반짝이는 숨은 별입니다
깊은 데서 언제나 반짝이고 있지요.

삶은, 지구별이어요
우주의 품에 저 작은 물방울 하나하나
일일이 기대어 있는 神의 별이요, 삶은
풀잎 위에 앉은 아침 이슬들
거미줄에도 걸려 있는 이슬방울들
구를 듯 구를 듯
굴러가버릴 듯 걸려 있지요.
그래서
그래서 그래서
삶은 춘향이입니다

이리로 와도 저리로 와도
앞태를 봐도 뒤태를 봐도
그저 이쁜 이이쁜
삶은 춘향이입니다요

우리 안의 모든 별들

우리 안엔 별들이 떠 있지
초저녁별 새벽별 바다별 사막별
총총 눈 밝히며 몸 맑은 별들이 떠 있지
문밖을 나서며 조용히 해 조용히 해
조용히 시키고 눈 감아 눈도 감아
조용히 시키고 손 올려 손 번쩍 올려
별들에게 벌도 주고
햇빛 속을 남모르게 다닌답니다
그러다 어둠 오면 돋아나오는 별
누웠다 다시 돋는 풀 같은 별
우리 안엔 마을도 있지
천 리 만 리 가야 할 마을이 있지
깊고 깊은 그 마을 어둠 속에도
아주 아주 오래된 별들이 뜨지
하루 종일 반짝여도 아프지 않은
하루 종일 떠 있어도 아무도 모르는

그 방 아래 수국

꽃으로 종을 치자
꽃을 흔들어 종을 치자
오는 비의 손을 잡고
꽃잎 가득 종을 치자
빗방울로 종을 치자
꽃에서 향기
비 맞으러 나오고
종소리는 꽃에 기대어
추억처럼 비를 맞네
빗소리가 손을 잡고
종소리가 손을 잡고
창으로 스며들어
그 방은 행복한가?
길과 길
집과 집들 사이
꽃처럼 피어 앉은
그 방은 행복한가

물가에서

말이 없는
아무 말 하지 않는
어떤 말도 해주지 않는

허공, 참된 허공

을 나는 먼지처럼 떠다녔네
빛의,
말의 먼지

같은 생각만 하는 아파트 머리 위로
불쑥
솟아오른 달의 수레를 이끌며
어둠이 서서히 大地를 사로잡네

달빛 저리 그윽하매
비어 있는, 비어가는 모든
것들은 익어, 허공이 터질 듯 익고 있네

호수는 원래 말을 모르고

허공은 원래 말을 모르고

달빛은
고요는 원래 말을 모르고

핸드폰

소리의 뚜껑을 열어 본다
아무도 말을 걸어 오지 않았다
소리 내지 않은
말들의 껍데기 고요의 껍질 소리의 참호.
풀 한 포기
시멘트 껍질을 뚫고
뿌리를 내리고 있는가? 고요에?

소리의 지하 동굴
소리의 고독한 심장부는 어딘가
고적한 소리의 진원지

고요가 깊이 묻혀 있는
그러나 고요에는 내내 이르지 못할
허다한 소리들의 집

교회 앞을 지나가다

— 눈 내리는 밤

그는 찬송한다
밤을 이끌며, 어둠으로 향하는 헛된 것들
헛되이 지나간 지나온 걸음들을
예배당 밖 어딘가로
바깥 어딘가로
이끌듯이 이끌려는 듯이 간절히 찬송한다. 찬송하면
그에게 이를 수 있을까? 그 긴긴 그림자를 이끌며
높고 깊은 그에게 이를 수 있을까
살아도 살아도 애절한, 살수록 간절한 이 삶의 덩어리
이제 무엇을 더 그 앞에 풀어놓으랴
정화되지 않는 이 찐득한 삶 덩어리
그것이 여전히 저리도 간절한 것이지
두드리고 두드리는
허공에 퍼붓는
눈 내리는 소리

멸망을 향하는 지구에게

바삭 바삭 바스락 마른답니다
물이.
와르 와르 와르르 무너뜨리며
와장창 와장창 날아간답니다
화살이.
아니 아니 아니 not not not
도망갑니다 낫은
ㄱ도 모르면서.
말 못 하는 어린것들은 빼고
깎아 먹고 말려 먹고 날로도 먹고,
산도 먹고 강도 먹고 바다도 먹고 하늘도 먹는
인간들 중
저 죄 없는 어린것들은 빼고

그런데, 아…

(인간으로 태어난 원죄가 있군요)

불쌍한 어린것들까지

한 숟가락 한 숟가락질 하는

어린것들까지

당신의 고통 당신의 상처

당신의 인내…

이런 것들을 이제 나는 감당할 수 없습니다

차라리 편안한 곳으로 가시기를…

가실 때 저희는 물론 모두 데려가시고

저 어린것들 그런데 저 어린것들

지구 최후의 날을 꿈꾸며

아파한다
멀리 떨어진 이곳의 시간이.
왜 평화는 없는가
아픔이 빛의 속도로 건너와 이곳의 공기를 흔든다
여긴… 지붕 위의 십자가들
간신히, 검붉은 내전의 불빛들만 새 나온다
번쩍이는 것들이 세상에 저리 많은데
아프다 시간
어두운 삶들이 반짝이느라
꺼져가는 구원이 별인 양 반짝이느라

나는 이편 지구의 작은 방 안에서
마지막 평화를 꿈꾼다
어쩐지 오늘 지구 마지막 날
이대로 지구가 生을 마감했으면
유전하고 유전하는 어둠의 자전을 멈추고

햇빛과 바람과 비와 바다가
나무와 그늘과 지렁이와 흙이
곶감과 호랑이와 낙타와 바늘이
사막과 물고기와 천둥과 번개가
손을 잡고 수만 년 전설의 손을 잡고
그대로 우주로 걸어 들어갔으면
수천만 년의 고독과 사랑이
지구를 비추어주던 태양의 고통이
달과 별 그 순결한 빛의 고통이
아름다운 지구의 化石으로 우주에 새겨졌으면

방주에 발 들여놓듯
그저 허공에 발 한 걸음 디뎌
우주의 전설로 스며버렸으면

자전거를 비키다

악은 악대로 선에게
허무는 허무대로 삶에게

할 말이 있겠지
神께서 처음 사람에게 하실 말씀이 있었듯이

정신없이 물건을 만들어내는 인간들도
처음엔 할 말이 있었을까 물건들에게?
물건은 물건들대로 인간에게
할 말이 있을까 물건적으로?

그러게
인간들은 정신이 없네
악에게 허무에게 神에게 물건들에게
대하고 대하고 대하고 대하느라
끼이고 치이고 끼이고 치여

찌링 찌링 찌리링 찌잉
비키랍니다. 좀!

즐거운 나의 집

막막 허공에 허무가 계속되면
허무가 계속 가서 깊어지고 깊어지면
그 안에 무허가 집 한 채 짓고
들어가 살지 뭐 살아보지 뭐
그 집에서
길 가던 허무가 들어와
나도 살자 같이 살자고 하면
살지 뭐 같이 살아보지 뭐.
(허무는 이제 일도 아닌 거야)

허무는 일도 아니게
무허가로
손 꼭 잡고 무허가 부부처럼, 애인처럼
사는 거지 뭐

즐거운
허무가 한 채

어떤 집

허공이 들어온 집
뒤따라 공허가 들어온 집
들어온 그들이 주인이 된 집
그 곁에 세 들어
조심조심 누가 사는 집

그곳을 채우던
거대 사랑, 일어나 일순에 집을 떠나고
그러자 거기 깃들던 거짓 사랑들도
모두 집을 나갔네
이제 진심으로
맑고 푸르른 집
부푸는 부력으로 둥실 허공에 뜬 집

아무것 아니야… 듣지 못하고 보지 못하는
정직한 시간만이 출렁이는 집
맑고 푸르른 집
진실로 진실로
허의 집

느낌

아는가

삶의 사방
이 두터운 동서남북
삶의 상하좌우에
어떤 사랑의 흔적도 찾을 수 없는

어떤 숨결 어떤 발자욱의 자취도 없이
홀로 깃대처럼 서 있는

그러나 시간은 하늘에 부딪히고
허공에도 부딪히며
갇힌 듯 갇혀서도 기어이 가고 있는

그것만이 유일한 이 땅 위의 위로

기꺼이 이제는 그 느낌 속에 들어
오래도록 그 안에 들어
사막의 면류관을 머리에 쓰네

마디

오후의
흔들리는 눈동자 속으로
비스듬히
바람 한 결
눈썹 같은
햇살 한 결
그 결 사이
외롭고 고운
외롭고 고운
마디

이 행복한 순간

그건
잘한 것 없이
아무 이유 없이
순식간에 바뀌는 삶의 차원
부드러운, 부드러운 물결 위에 누운
'달'의 다른 이름
무수한 시간의 결을 타고
착한 파도가 오고 있다
달이 파도를 탄다
물은 온통
달의 시간

이 한 그릇의 밥

이 한 그릇의 시간
이 한 그릇의 눈물
이 한 그릇의 노래
이 한 그릇의 구원
이 한 그릇의 길

길의 꿈, 길의 빛, 길의 어둠
이 하얀 길의
기름진 고통
모든 길이
이 한 그릇의 로마로 통하여
이 한 그릇의 밥
영원한
이 한 그릇의 제국

감기의 생각

이번 감기는 좀 심하였다
허공이 발밑에 눈처럼 쌓여 있다
그 허에 발 푸욱 푹 빠지며
저녁을 마중한다
한낮의 무더위를 소심히 밀쳐내며
저녁이 조심조심
사방에서 오고 있다

살이 오동통 오른 남매가
앞에서 자전거를 탄다
조금 뒤따라가며
역시 오동통 살이 오른 젊은 엄마가 외친다
"브레이크 잡아, 사람들 오잖아"
엄마의 소리가 귓가에 닿기 전
아이들이 이미 바퀴를 잡고 있었다

(사랑해버릴까? 애틋한 인간들의 사랑을? 그만, 믿어버릴까)

저녁이 한쪽 하늘을 태우고 있다
불타는 저녁은 안중에도 없이
열심히 제 일에 몰두하는
저 운동 남녀
스마트폰 남녀
가래침을 '칵' 하고 뱉어내는
저 낡은 남자까지
(무지몽매한 이 인류를 그만 사랑해버릴까?)

어둠에 싸여가는 저녁,
감기가 생각하고 있다
(이제 그만… 이제 그만…)

얼토당토
당치 않게
이번 감기가 심하게 생각하는 것이다

비 오시다

비가 내린다
모든 일 관여치 않고
비는 내린다
하늘에서 바다까지
분별없이 비는 내린다
태어난 모든 날들
일어난 모든 일들
이끌린 모든 길 위에
일어서서
비가 내린다
관여치 않고
비는 내린다

한밤중 소리

웅얼웅얼
웅얼거리는 소리
웅얼웅얼웅얼
저, 웅얼거리는 소리
낮게

애타게, 가만히 살고 있다는
가만히, 간절히 살고 있다는

떨리는, 떠는
저
저, 삶의

맑은 밤

바람이 맑아졌다
맑은 바람 불어오고
작은, 작은 아이들같이
깔깔대며 헤엄쳐 오는 물결
호수가 맑아졌다
어둠 속에 물 위에 흔들리며 앉은
불빛들이 맑아졌다
어둠까지 맑아졌다
이 정도면
두려움도 조금 맑아지지 않았을까
두려운 죽음의 속까지.

깔깔거리는 물결 위에
고요

50代

늘어진 뱃살
어느새 모르게
처진 뱃살
옆구리에서 잡히는
중중의 살
그간의 삶이
중중 살로 잡혀오네
옆구리로만 살았나?
배로만?
영혼 없는 삶으로 일궈낸
중산층 살

위험한 경계

자욱이
안개 묻은 고요가 아름답구나
안개를 얹고 물로 내려앉은
나무들의 어깨가
묵직이 호수를
떠메고 있구나
안개를 묻힌 얼굴들
안개에서 나와
표정들을 감추고 삶을 감추고
다시 한 무더기
안개를 이끌며
안개의 꿈속으로 들어가는구나

안개에겐 꿈이 있지
위태로운 진실, 진심들
모호하게 가려주고 싶지

삶은 번지고
반복되고
여기, 저기에서 번복되고
안개는 온몸 풀어
그것을 감춰주고 싶지

사막의 노래

무언가 많네요
모래겠지요
부서진 것들이
정말 많군요
무서워요
그들 사이에
통째로 있는 나는 너무 무거워요
사라지고 싶어요, 근데
그새 몸이 서걱거려요
그들이 드디어 나를 발견했군요
서먹해요
서먹해서 자꾸 서걱거려요

당신도

들어와요

들어와 같이 노래해요

서걱이며 노래해요

부서지고 부서져

모두

모래해요

미세한 아름다움

20도의 방에서
43도에 맞춰놓은 매트
36도의 체온이 모두 만나면?
섞일 수 없는 것들이 용케 섞여 있는
이곳의 온도는?
공기와 체온과 전기가 각자 따로 살다가
서먹서먹 이곳에서 만났다

금세 정다워진 훈훈한 이 겨울의 방

아름다워 눈 못 감으리
나는 끝내 죽지 못하리 아니
죽어서도 그들과 어울리리
어울릴 수 없는 것들과 이리 어우러져서

나의 시는 가난하고

쓸쓸해

사막이 고향

나의 시는 바람의 기억
허공에서 불어

거기 잠시 깃들어도 보는
허공이 집

나는 이 땅에 연고가 없어

숲을 기억하는 밤의 가로수

새벽마다 부서지는
그 잠깐 새벽

사소한 얼굴

다들 나이 먹어
싱겁게 다 늙어버려
마주 보는 얼굴이 내 얼굴인 양
가려주고 싶네 감춰주고.
주름진 저 길들 위로 얼마나 많은 일들이 지나갔을까
바람 데리고
얼마나 많은 방향 없는 이들은 또 다녀갔을까
사소한 사랑, 사소한 슬픔
사소한 절망과 고통들에게
저들은 얼마나 턱없이 친절했을까

보잘것없이 다정한 저 주름들
가릴 것 없네 감출 것도.
생의 모든 이름들 총총 새겨진
저 그윽한 얼굴들을
사소한 저 얼굴들을
굳이 사랑해야 하겠네

그날그날의 말

나는, 당신은 얼마나 아름다운 말을,
그때그때 때에 맞는 말들을
얼마나 알맞게 그때그때 말하는지

예측할 수 없는 내일, 그러니까
내일도 오늘이리라… 믿는 말들
믿고 싶은 말들을
그때그때 얼마나 알맞게 말하는지…

오늘은 오늘의 말,
내일은 내일의 말이 있는
알 수 없는 날들의
시시때때 춤
그때그때 알맞은 때때옷 입고
그때그때 알맞게 얼굴을 바꾸는
기적의 춤 신비의 춤, 날의, 말의 춤

때에 알맞은 말에게는
그래서
책임을 물을 수 없네
그때그때 춤추는 아름다운 말에게는.

말들은
언제나 최선을 다했고
최선을 다해 그때 옳았으므로

그가 오면

맞겠어요

한 번도 그리 뛰어본 적 없는

심장의 설렘

한 번도 느껴보지 못한

별들의 두려움

누구에게도 그리 웃어준 적 없는

달의 웃음으로

무제

나는 비로소
내게 없는 것으로 구원을 이룬다
세상에 없는 것을 그토록 갈망했으니
없는 것은
어디에도 없도록 이제 내버려두리

그대들의 눈으로
세상을 보리 그대들의 나를 나도 보리
그대들은 그대들의 나를 가지라
나는 나의 나를 그냥 지니리
구원을 이루리
있다고 생각했던 오랜 날들
그때부터 없었던
나에게도 없는 것으로

침묵

침묵 속으로
가만 두 손 넣어본다
따뜻한 것 같아
두 발도 쭈욱 뻗어본다
따뜻하고 편안해서
그대로 앉아 있어본다
무슨 말인가를 기다렸으나
침묵이 여전히 말을 아끼므로
손과 발은 곧 무료하고 어색해졌다

굳이 말하지 않는 세계 속

굳이 말하려는 세계

어울리지 않는 둘의 경계에서

손과 발의 입과 귀가 막막해졌다

이질적, 야만적으로 굳이 말하는 한쪽이

다른 쪽에게 어떤 위로도 바라지 않을 때까지

무한히 무능해 보이는 무언의 전능을

조금이라도 눈치채기까지

손과 발, 적막하리라 입과 귀 오래오래

어떤 질문

조용히 사는 기술은 연마되고 있습니까?

조용히 죽어가는 예의는 시작되었습니까?

삶의 적막
그 끝의 적막
이 절망들이
오히려 소망이 되고 있습니까?
일상의 등불이 되어 있습니까?

고요 속에 타고 있는 이 불꽃들이
이제는 보이십니까?

믿습니까?

사랑

은
공기처럼 가벼이 들어와선
돌이 되었군요
심장 곁에서
심장을 파먹으며
진주가 되었군요
마음이 되고
마침내 별이 되는군요
그 별 궤도를 돌 때
아픔은 찬란도 하군요
별의 창에 찔리는
사건의 내막들
내장들 일어나 견딜 수 없어 춤을 추는군요
피를 내뿜는
심장의 내막
천만 리 밖에서도
빛을 뿜는 별들의 내막이군요
어쩌지 못하는 단지 그 내막이요

생존의 습관

이제 나는 어디서든 살아가겠어
그간 먹여 살린 무작정의 습관이
이젠 어디서든 나를 먹여 살리겠어
생각도 마음도 필요 없어서
연고 없는 어디서든
내 삶을 굴리겠어

이제 난 어디에 내놓아도 손색이 없겠어
남부럽지 않은 슬픈 소식과
고통을 지녔으니

내가 키우지 않은 내 안의 외로운 것들
내 의지와 상의도 없이
충만하게 한 생을 살아내겠어

갸륵한 생존이여
먹이고 입히지 않아도
스스로 차려입고 살아가는 솜씨.
안에서 밖에서
잘 자라난 내 맹목의 삶이여